# CABRA QUE LAMBE SAL

Letícia Bassit

# CABRA QUE LAMBE SAL

REFORMATÓRIO

Copyright © 2024 Letícia Bassit
*Cabra que lambe sal* © Editora Reformatório

Editor:
Marcelo Nocelli

Revisão:
Marcelo Nocelli
Natália Souza

Capa:
Juliana Piesco

Design, editoração eletrônica:
Karina Tenório

Dados Internacionais de Catalogação na Publicação (CIP)
Bibliotecária Juliana Farias Motta CRB7/5880

---

Bassit, Letícia, 1988-
Cabra que lambe sal / Letícia Bassit. – São Paulo: Reformatório, 2024.
110 p.: il.; 12x19 cm.

ISBN: 978-65-83362-02-5

1. Romance basileiro. I. Título.
C991c                                            DD B869.3

---

Índice para catálogo sistemático:
1. Romance basileiro

Todos os direitos desta edição reservados à:

Editora Reformatório
www.reformatorio.com.br

Para todas aquelas
que desejam inverter

a gravidade.

Sobretudo para aquelas
que ainda não
se atentaram a essa

perspectiva.

"Separarei o povo como um pastor aparta as ovelhas das cabras, e porei as ovelhas à minha direita e as cabras à minha esquerda.

Voltar-me-ei para os que estiverem à minha esquerda e lhes direi: 'Saiam daqui, malditos, para o fogo eterno preparado para o Diabo e seus demónios"

Mateus 25:31-46

*Não se engane*

*Isso não é uma ficção*

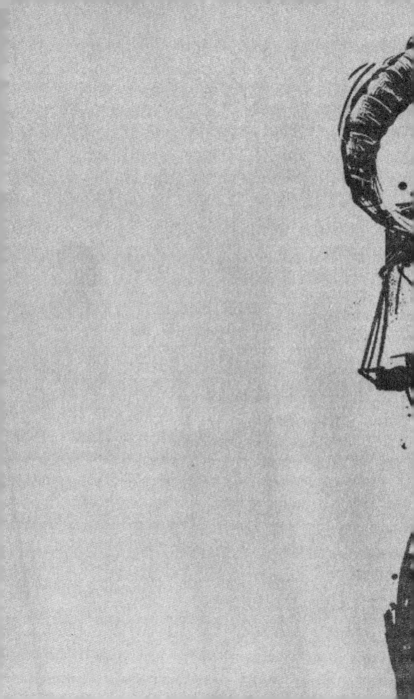

# PRÓLOGO

Sou uma farsa. Já menti. Já traí. Já fui traída. Invento minha existência para tentar caber em mim. Este livro é minha sublimação. Aqui estou protegida pela moldura do simbólico. É como se fosse um sonho, e no sonho tudo é permitido. No sonho e na arte os desejos e os crimes são aceitos sem condenação. Meus crimes e desejos não têm moral, nem ordem, são perversos, brutais, e agora todos saberão. Depois disso, meu último crime-desejo será a minha própria morte. Morrerei assim que você terminar de ler este testamento. Nos sonhos e nos livros, posso ser quem eu quiser. Aqui, podemos tudo.

Ele abre todas as gavetas com agressividade, arranca meus cadernos e, rangendo os dentes, escancara meus escritos, meus segredos ainda não revelados, penetra na minha intimidade, meu corpo traduzido em palavras escritas durante uma vida, violentado por um homem com quem sou casada há vinte anos. Ele ri desequilibrado, mastigando as páginas dos meus poemas. Como um animal, abocanha cada folha, tritura nos dentes, cospe e me xinga, me chama de vagabunda, diz que sou uma poeta de merda, uma atriz que não deu certo, uma puta.

Mas a maior ofensa, e ele sabe, é quando grita que sou uma péssima mãe.

Sua cara está desconfigurada. Lágrimas descem pelo seu rosto se misturando a uma baba seca e raivosa acumulada nos cantos da boca. Seus olhos estão vermelhos e o rosto se contorce. Ele se abaixa, com os joelhos e mãos apoiadas no chão, feito um quadrúpede. Apesar da fúria que sinto, olho ainda com alguma piedade, enquanto ele, já quase sem forças, continua a mastigar minhas ficções.

Meus textos espalhados por toda a sala, as folhas rasgadas, amassadas, palavras silenciadas pela violência, inelegíveis como estão agora, as palavras morrem, são esquecidas. Anos de imaginação e invenção triturados pelo meu marido, meu companheiro de tanto tempo, meu amor.

Percebendo a minha tristeza, ele exala algum prazer, e nesta hora o ódio toma conta de mim e uma força descomunal sobe da ponta dos meus pés até o topo da cabeça. Meu corpo esquenta, minhas pupilas se fecham, miro-o feito um bicho pronto para o ataque, meu peito estufa, minha voz urge e, furiosamente, grito. Ordeno que ele pare. Mas ele não para, parece sentir mais prazer agora, até esboça um sorriso de deboche depois que deixei minha fúria transparecer. Ele arranca outra folha com os dentes, desdenha, lambe, mastiga e cospe pela janela. Com o que sobrou no chão, capas e páginas rasgadas, ele pisa, esfrega com a sola do tênis sujo. Tira o pau pra fora e mija sobre as folhas, e então ele gargalha.

Eu grito novamente, ainda com mais força, exijo que pare.

O que arrasa este homem é a capacidade que tenho para imaginar coisas que para ele são inalcançáveis. Ele detesta minhas metáforas porque nunca pode compreendê-las.

Ele olha para mim, e por um milésimo de segundo penso que voltou ao normal, mas ele abre meu caderno vermelho.

se ela tivesse coragem
de matá-lo
se encontrasse
algum meio fácil
e rápido
de matá-lo

Ele saboreia minha imaginação. Isso é autoficção?, pergunta debochado, com a boca cheia de papel, depois cospe a folha e atira meu caderno vermelho pela janela. Volta até a gaveta caída no chão e abre outro, o de exercício de escrita.

escrever é
compartilhar um
segredo

todas às vezes
que disse a verdade
estava mentindo

Todos os meus segredos nunca antes compartilhados, agora destruídos, consumidos por um homem que não me deixa sonhar.

Meu corpo ferve, algo descola de mim, talvez minha alma, talvez minha humanidade, não sei. Sou tomada por uma ira ardida, sinto vontade de chutá-lo, mas meu senso de civilidade não permite. Sem alma, sem humanidade, exausta de tanto gritar, corro até a cozinha, abro o armário e começo a atirar os copos de vidro no chão. Destruo um a um, vou jogando contra a parede enquanto choro de raiva. Ouço o som do vidro estilhaçando, desfazendo-se da forma de objeto para se tornar cacos inúteis. Sempre gostei das coisas inúteis, algo que ele sempre repetiu: que eu me apego a coisas inúteis. Apesar disso, e talvez por isso, nunca pude compreendê-las, as coisas inúteis as quais me agarro.

O perigo dos cacos de vidro no chão, o pedaço que entra no pé, a dor que não se sente durante anos, até que um dia o corpo decida expulsar a matéria estranha, um corpo estranho dentro do corpo, o copo, o vidro que é feito de sal. Sinto algum prazer a cada copo estilhaçado, e vou arremessando um atrás do outro. Ao longo destes vinte anos sempre destruí coisas, para não ter que destruir meu casamento.

No estilhaçar do último copo, um silêncio absurdo se faz no apartamento todo. De repente, ouço seus passos em direção à cozinha. Nos encaramos. Sinto medo, mas ainda assim, pego uma jarra de vidro do armário, levanto o braço para arremessá-la contra a parede, e ele pula em cima de mim. Você tá maluca? Ele dá um safanão no meu braço e a jarra cai atrás de mim. Espatifa no chão. Ele me empurra com força. Eu caio, a jarra estilhaça nas minhas costas, embaixo de mim. Não tenho tempo de me mexer, ele senta sobre o meu corpo, pressiona a minha barriga, meus peitos, ele prende meus braços com suas pernas, sinto o vidro furando minha pele, o sangue colando o tecido nas minhas costas. Ele segura meu pescoço, me chama de puta, cuspo na sua cara, ele me dá um tapa no rosto e cospe no meu olho, dobro minha perna esquerda, tento chutá-lo nas costas, na nuca, mas não consigo, ele se mexe um pouco e, então, meu joelho amassa seu saco e ele grita de dor, solta meu pescoço e sai de cima de mim. Consigo me levantar, minhas costas sangram. Corro até o quarto, ele vem atrás, tento me esconder, empurro meu corpo contra a porta, ele chuta com força, até que uma pesada de sola com toda a força faz com que a porta me derrube. Sinto uma dor violenta. Não tenho forças para me levantar. Ele entra e me arrasta pelas pernas, atravessa o corredor em direção à lavanderia, eu tento me desvencilhar, me retorço, grito, mas não há ninguém, livro uma das pernas e chuto sua barriga, ele torce o meu pé, sinto muita dor. Ele me sacode contra o chão ao lado da máquina de lavar, que treme no modo de centrifugação. Ele soca minha cabeça contra a máquina. Um barulho oco. Meu corpo vibrando contra o solo em colisão. A cabeça encostada na máquina começa a tremer estrondosamente. Ele se assusta, para, fica me olhando. Nesse instante consigo me desvencilhar, me viro e engatinho na tentativa de fugir como quem se arrasta em solo tectônico, consigo me levantar, e dou um soco de mão fechada na cara dele. Dou um soco na cara do meu marido, com quem sou casada há vinte anos, pai da minha filha, meu companheiro de uma vida, meu amor...Você ficou louca?, ele grita enquanto ameaça revidar, e nesse pouco tempo em que ele faz o movimento com o braço para trás, eu berro: eu não quero mais você, eu vou embora, você nunca mais vai me ver! Eu não te quero mais, nunca mais! Ele para, me olha de um jeito ameaçador. Ah, vai querer sim, você vai! Você é minha mulher! Ele então me prensa contra a máquina de lavar, me enlaça com seus braços, começa a me beijar à força, lambe meu rosto e me morde a nuca, agarra meus cabelos, puxa minha cervical, beija minha boca com sua língua espumando saliva salgada, depois me empurra, me joga no chão, chuta, golpeia, soca minha lombar com o pé, eu fico sem forças, inerte, e ele deita sobre o meu corpo e começa a rasgar minha blusa, levanta minha saia, tira minha calcinha de lado, eu não tenho mais forças, fico parada, ele abaixa as calças e a cueca de uma vez só até os joelhos, deita sobre o meu corpo estático, tenta enfiar o pau mole dele em mim, tentativa inútil, mas ele persiste, e o pau não endurece. Então, ele começa a rebolar em cima de mim. Sua puta!, ele sussurra frustrado, chorando. Eu não grito, não choro, não emito qualquer som. Ele se levanta, tira a calça e a cueca e arremessa com toda força no meu rosto, e sai, caminha até o quarto. A máquina de lavar para, o tremor cessa. Eu me levanto, tiro a blusa rasgada, tiro a saia e a calcinha, junto com a calça e a cueca dele e jogo tudo no cesto de roupa suja.

Meus cadernos, minhas histórias, minhas memórias e invenções. Minha vida, tudo arruinado pelo meu companheiro de vinte anos. Meu marido, meu amor, meu abusador.

Entro no banheiro e ligo o chuveiro. Penso nos tantos anos sentindo aquele mesmo corpo dele, o mesmo cheiro, o mesmo gosto, o mesmo pau, de formato tão conhecido. Vinte anos. Depois que me casei, parei de experimentar outros homens, outras mulheres. Nunca quis. Não sei nem dizer o porquê, mas *nunca quis?*

a água escorre
sob minha
cicatriz

duas
gestações

uma cesárea
um aborto

encho
a boca
d'água
cuspo
ferrugem

abortei
não pelo feto
pelo marido

Olho para o meu corpo. Minhas marcas. As antigas e as de hoje. O sangue diluído. Esfrego sabão. Vulva e vagina. Passo a mão no clitóris, massageando-o lentamente com os dedos. Limpeza completa. Meus pelos arrepiam.

Desligo o chuveiro. Me enxugo devagar. A toalha nas costas é a pior parte. Arde. Os cortes abertos. Não consigo ver, não sei como estão. Teria algum caco de vidro penetrado no meu corpo? Um corpo estranho dentro do corpo.

Caminho até o quarto. Ele dorme. Sinto seu cheiro de longe. Há uma beleza estranha nos homens quando estão dormindo. Uma mistura de vulnerabilidade e perigo. Homens sonolentos são mais belos. Um homem desperto é sempre perturbador.

Visto uma saia e uma camisa larga, me aproximo dele, do meu marido, meu companheiro de vinte anos, meu amor, meu abusador, meu estuprador, que dorme vulnerável.

Atravesso o apartamento com os pés descalços, pisando nos meus cadernos, nas páginas rasgadas, nas minhas histórias, nos meus personagens que estão ali comigo.

O som do tambor reverbera no hall do elevador, a sonoridade cada vez mais intensa repercute em meu peito. Sinto uma vibração na garganta. Na laringe. Abro a geladeira, pego uma cerveja e bebo.

Abro o armário, encontro a garrafa de cachaça e tomo um gole. Outro gole. E mais outro.

Uso saia rodada, pés descalços, gargalho. Meu samba é doce e ardido nesse momento. Giro. Piso nas minhas invenções colapsadas, palavras anteriores à linguagem. Algumas páginas do diário viram com o vento.

Pisoteio em minhas memórias. Misturo canto e poesia. A palavra virou corpo. Já não há cadernos organizados, as páginas estão soltas, espalhadas pelo chão, coladas nas paredes, ventando através dos tempos, grudadas no teto e nas paredes deste apartamento de vinte anos.

a bebida
na cabeça
esfria
o cérebro
ardido

no meu chão
qual foi a última vez
que senti
a sola dos pés?

a língua é outra

eu
expatriada
que pai?
aquele que nunca tive
eu
exmatriada
a mãe,
aquela que sempre esteve distante

eu tinha quatorze anos
a luz atravessou minha rachadura
até hoje não encontrei
argamassa fina
para tapar
meu buraco
esta é minha sina

estou aqui porque esqueci
estou aqui pra esquecer
o que eu ainda lembro
esqueço para estar aqui
estou aqui enquanto esqueço

quem sabe assim
você que me vê
um dia se lembre
das palavras aqui profanadas

estou aqui porque morri
estou aqui pra morrer
tudo está podre e morto
quando o amor acaba,
o que resta?
morro para estar aqui
quem sabe assim
você que me mata
um dia se lembre
do meu corpo maldito
e descrente
onde foi parar o nosso afeto?
como cantar o desastre?

Só uma saída faz sentido: fugir. Fugir do arruinamento da minha imaginação e do desmoronamento das infinitas invenções que fiz de mim. Invenções que me recompõem, me recriam e me deslocam, friccionam saberes e me fazem contradição. Fugir de tudo que me persegue e suga a potência criadora que construí com muita dedicação e plenitude, durante toda a minha existência até aqui. Fugir de você, que atrapalha minha gira, interrompe meu batuque, desfaz minha poesia. Fugir das palpitações constantes em meu coração, que nada mais são que sufocamento, fugir de você, que inverte meus argumentos, que me manda calar a boca, que diz que canto desafinada, que eu não sei interpretar.

Eu sei que caibo num espaço muito maior que esse minúsculo em que me enfiaram. Esse espaço não me suporta, e eu não vou me comportar.

Não ouse fazer perguntas estúpidas para metáforas que construo e desconstruo. Só sei viver através delas, se você não é capaz de aguentá-las, deixe-me em paz. São elas que me salvam de um mundo linear, careta, sem poesia, sem imaginação. Olhe para o meu corpo nu e não me puna pela beleza que sou, se você não sabe apreciar aquela que diz ser sua, prefiro não ser. Já entendi que você não sabe amar aquilo que está ao seu lado, ao seu alcance, você só ama o que está distante, assim você mantém sua insatisfação constante e perpetua o ressentimento que te mantém de pé.

Fujo da condenação por algo que nunca fiz. Você inverte e joga a culpa em mim, porque usei decote e saia curta, porque fui simpática com alguém, educada, espontânea, porque simplesmente agradeci um elogio sobre o meu trabalho.

Sua vigilância inútil não se dá conta de que nada nem ninguém vai me encontrar se um dia eu resolver sumir, virar bicho, honrar meus chifres, escalar montanhas, olhar o mundo de outra perspectiva, feito o diabo nos olha. Fujo da lentidão que me faz andar para trás e das mentiras sinceras que você me prometeu e nunca cumpriu.

Por isso agora eu fujo da manipulação, das paranoias que invadem meu corpo quando não há nada de errado comigo, mas algo de ruim habita meu corpo quando me percebo vigiada por você.

Fujo do homem que me seduziu e me violentou durante vinte anos, fazendo deste tempo um martírio. Fujo da dor que me persegue desde os quatorze anos de idade.

Fujo das palavras duras e amargas. Fujo das desculpas que encontrei para não escrever os livros que queria ter escrito, para não fazer as peças que queria ter feito, para não declamar os poemas que, quando eu intentava recitar, você me interrompia com uma piada. Fujo da insegurança que plantaram em meu corpo desde que nasci e me chamaram de menina, da amargura que me constitui e da violência que petrifica meu coração. Fujo de todos os homens que me desalmaram um pouco, também os homens que disseram me amar só para me lambuzar, me sujar da carência azeda impregnada em seus paus covardes.

Fujo das traições, dos abusos e dos estupros, da injustiça. Fujo da família estruturada com o papai provedor, a mãe dona de casa, os filhinhos herdeiros de toda essa merda que nunca existiu, mas que você insistiu em dissimular.

Fujo do papai que come outras mulheres pela rua, enquanto dentro de casa quer controlar até a roupa que eu vou vestir. O papai, homem de bem, que durante meses sustentou uma amante, porque ela era mais gostosa que a mãe grávida da sua filha recém-parida-abortada. Fujo da sensação de insegurança que sinto ao olhar corpos de outras mulheres. Esquivo-me dos murros, pontapés e socos nas paredes do meu próprio lar, da violência sutil e da misoginia fantasiada de cuidado.

não percebe que meu desafino
é pensado e intencionado
foi o jeito que encontrei de
incomodar
o general que dia após dia
insiste
em me comandar

meu corpo
esmagado dentro do cárcere
mãe encarcerada grávida e parida
para depois ser segregada da cria
nem deu tempo de guardar
a roupinha que vestia
quando o delegado
arrancou de seus peitos
cheios de leite
o bebê que nem nome tinha

o senhor me garantiu
confessei e rezei o pai nosso
mas depois da confissão
nada aconteceu,
não virei madre
nem imaculada,
meu buraco não foi tapado
também ajoelhei e rezei
me machuquei,
auto mutilei
meu corpo todo arde
mas dentro de mim
nada transformei

desmedida
sou sem medida
minha bunda é gigante
rebolo dançando samba e funk
giro nas giras de pomba-gira
minha teta é aconchegante
balanço meus peitos em shows de punk

por que me olha?
por que me pune?
não sou o que previa?
roupa justa
cabelo alisado
unhas postiças
preenchimento
botox
salto alto
maquiagem
detox
cílios postiços
eu sempre condenada

a dor inaugural
infinita dor do corpo
seduzido
abusado
aniquilado
aos catorze

Abro meus os olhos. Tudo ao meu redor permanece girando. Sorrio. Caminho até a porta do apartamento em desequilíbrio, cambaleando. Paro em frente à porta, finco os pés no chão, aterro. Inspiro e expiro. Estico meu braço até a chave que tranca a porta, giro para a esquerda, destranca. Agarro a maçaneta e puxo a porta de saída.

Solto um grito e logo o interrompo, pressionando as mãos sobre minha boca. Ele não pode acordar, de jeito nenhum. Meu corpo treme, minhas pernas bambeiam, meus joelhos amolecem. Como isso é possível? Está bem aqui, na minha frente, em toda sua abundância. A montanha invade meu apartamento. A dureza da rocha ocupa a sala, pequenos pedaços de pedra deslizam do cume até meus pés sobre os tacos de madeira. Ela parece querer destruir meu apartamento com seu corpo intransponível, o cheiro de rocha e de sal, suas angulações, pontas, fissuras. Permaneço imóvel, completamente atônita com o que vejo, eu e meu grito mudo. É uma pedra gigante que está aqui na minha frente, intransponível, na porta de saída do meu apartamento. É como se a rocha que cresceu dentro do meu coração já não tivesse mais espaço para expandir, então, ela que cresceu dentro de mim, sabe-se lá desde quando, agora resolveu sair, se fortaleceu e domina não só meu corpo, mas todo o meu entorno.

Nasci dura, fizeram-me rocha. Foi preciso embrutecer para seguir vivendo.

Quando nasci, escorreguei das mãos da enfermeira e caí no chão. Minha mãe sempre me contou essa história, era uma das poucas do seu reduzido repertório, por isso ela a repetia tanto, mas sempre com uma revolta ardida. Era evidente o ódio que tinha da enfermeira que me deixou deslizar e despencar. Foi a partir dessa maldição originária que meus pais se tornaram vigilantes obsessivos com qualquer possibilidade de mais uma queda na minha vida. Nem um tropeço, um tombo, nem mesmo uma cambalhota me era permitido. Desenvolvi joelhos rígidos, esticados e preparados para qualquer deslize. Nunca mais caí, também nunca engatinhei, minha relação com o solo sempre foi estranha. Todos ao meu redor me fizeram crer que o chão não era um lugar confiável. A história que contam para gente, a narrativa escolhida sobre o nosso nascimento pode organizar toda a nossa existência. O fato de eu nunca ter engatinhado sempre me pareceu absurdo, afinal, todos os bebês que conheci engatinhavam. Você pulou essa fase, já saiu andando de uma vez, dizia minha mãe, num dos seus poucos orgulhos, sem se dar conta de que incrustaram em mim a ideia de estar sempre sem chão. Que o chão era um lugar ruim. Cresci tentando me manter sempre firme e ereta, joelhos esticados, sem titubear. Nunca tive jogo de cintura para situações difíceis na vida. Também nunca pude rebolar. Conforme eu crescia, o medo da queda aumentava. Foi então que, sem que eu me preparasse, simplesmente eu caí, e o chão se abriu sob meus pés, um buraco gigante, escancarado, meu corpo em declínio: fui obrigada a me casar aos vinte e três anos porque engravidei.

No começo a ideia não me parecia de toda ruim. Ele me pegou pela mão, me levantou, eu estava apaixonada, faria qualquer coisa por ele. Mas depois, veio a dúvida: casar seria mesmo a melhor opção? Eu tinha muitos outros desejos. Eu era maior de idade, podia tomar a decisão por mim mesma, mas na minha família católica, conservadora, aristocracia falida, a coisa não funcionava como eu queria. Para os meus pais, ninguém jamais deveria saber que eu casei grávida, seria uma vergonha para eles. Se eles soubessem de todas as minhas aventuras sexuais desde os meus catorze anos. Se soubessem de todo o tesão e desejos que tive e dos quais não passei vontade! Mas quando engravidei, toda a transgressão, antes presente em meu corpo, simplesmente desapareceu.

*A verdadeira natureza do obsceno é a vontade de converter*, disse Hilda Hilst. Talvez tenha sido isso: a gravidez me revelou, de maneira mais profunda, a ideia de pecado e sua obscenidade. Vergonha e culpa tomaram conta de mim e eu entendi que o melhor seria seguir a vida da forma mais correta perante os olhos dos meus pais, do meu futuro marido, da sociedade.

Após o casamento, sem me dar conta, ao lado dele fui desenvolvendo uma síndrome de submissão. Tornei-me uma mulher asséptica e sem graça, que não saia de casa se não estivesse ao lado do marido. Fui me tornando uma mulher sem grandes desejos e vontades. Ao mesmo tempo, algo dentro de mim me fazia sentir falta da rua, da existência ordinária, das pessoas da rua que eu nem conhecia, de ver a vida acontecendo, ali onde a poesia se faz, onde o terror se faz, onde a humanidade e a graça se manifestam indiferentes a presença de quem quer que seja. Sentia falta da realidade escancarada na minha cara. Na minha frente, só as paredes do apartamento e uma vida de mentira criada para agradar a todos, menos a mim.

Nas ruas eu podia ser quem eu desejasse ser. Na minha casa eu precisava mentir. Mentir para mim mesma, para o meu marido, para o mundo. E não que eu não fosse apaixonada por ele, ao contrário, eu estava completamente apaixonada por aquele homem, mas aquela era uma performance que, nitidamente, eu não suportaria, por melhor atriz que fosse. Ainda assim, eu segui a vida ao lado dele, consciente de tudo, presa em algo que não conseguia sair. Nunca deixei de amá-lo, mas a escolha por permanecer ou não ao lado dele não era sobre amor. Era por sobrevivência. Para uma mulher, nunca é uma questão de escolha, sempre de sobrevivência.

Olho para o alto, a montanha é gigante. E eu tão pequena, como pode caber tanto tempo perdido dentro de tamanha pequenez?

O tempo me fez e desfez, mas nunca refez. E agora é como se houvesse uma camada espessa e seca que dificulta o ar entrar.

Por que permaneci tanto tempo ao lado dele?

Tínhamos vinte e três anos quando nos conhecemos. Às vezes o tempo é perverso. Na maioria das vezes o tempo é perverso e devastador. Nos olhamos, nos beijamos, nos apaixonamos e transamos, tudo isso no primeiro encontro.

Meu pai sempre me disse que um bom relacionamento nunca começa com a paixão, que o melhor mesmo é quando as coisas vão acontecendo aos poucos, naturalmente, segundo ele, o amor é uma construção diária, que demanda trabalho árduo. Seguindo a sua teoria, já a paixão te toma por inteiro, te arrebenta a alma, parece que devora lentamente suas vísceras e te faz emburrecer. Foi ela que me fez burra. A paixão tem gosto de sangue. O amor tem gosto de sal, ele dizia. De sal? Sim, uma pitada, para dar o tempero necessário. Por isso é preciso saber a dosagem certa, pinçar com os dedos, nem muito, nem pouco, a justeza perfeita. Já a paixão é açúcar, a gente quer sempre mais, mas depois faz adoecer, enjoa. A paixão nos ilude em sua completude.

Estávamos na rua quando nos conhecemos. Eu de um lado da avenida, ele do outro. O farol fechado, os carros em alta velocidade, motos passando com suas buzinas, barulho de motor, fumaça, calor, o asfalto quente, um coro de gente aguardando para atravessar. Eu no meio dessa multidão e ele do outro lado. Nos conhecemos enquanto atravessávamos a avenida. Sempre achei essa ideia encantadora, hoje penso que o melhor seria ter desviado daquele farol, atravessado fora da faixa de pedestre, ou seguido para a rua mais adiante.

Quando o farol fechou, os dois coros de gente cruzam a avenida de um lado para o outro e, bem no centro do cruzamento, nossos corpos se chocam. Um esbarrão que o fez parar para me pedir desculpas. Sinto seu cheiro de perto, vejo o suor escorrendo pelo seu pescoço, nos olhamos, meu nariz próximo da sua pele quente, minha boca aberta, ofegante, minha língua saliva. Arqueio a coluna para trás e olho para aquele desconhecido. As pessoas ao redor de nós continuam em movimento frenético enquanto ele sorri pra mim e faz o tempo parar. Ele agarra a minha mão e me conduz no trajeto em direção à calçada para onde ele iria, a mesma de onde eu tinha saído. Talvez essa já tenha sido a primeira vez que ele me fez andar para trás.

Ele segura a minha cintura. Eu agarro sua mão, tiro-a do meu corpo e sigo o trajeto em direção contrária ao meu percurso, ao local em que eu desejava chegar. Percebo que ele me segue. Meu desejo é olhar para trás, mas me contenho, cheia de esperança de que ele continue me seguindo. Essa fantasia me toma por inteira. Acelero o passo, estou ofegante, sigo em frente sem titubear, tenho a impressão de que estou vivendo um jogo, sinto medo e êxtase só de imaginar que ele está atrás de mim. Sigo mais um pouco. Estanco. Viro. Você está me perseguindo? Não, só te acompanhando.

Tínhamos vinte e três anos. Fomos para um motel, logo ali na rua, e transamos pela primeira vez, naquela tarde barulhenta. E isso se repetiu, por mais dois ou três dias seguidos. Um encontro no bar ao lado do motel em que durante as três horas, além de transar, eu contava do meu passado, dos meus planos futuros, das minhas aventuras sexuais até ali, pelas quais ele se mostrava sempre interessado, fazendo perguntas, me incentivando a revelar alguns segredos, ele sem julgamentos, era só sorriso e carícias.

Apesar do puerpério ter sido terrível e ninguém ter me avisado, fui muito feliz ao lado dele no começo do nosso casamento. Ele me admirava, respeitava todas as minhas escolhas, incentivava minha escrita, lia todos os meus livros, adorava quando eu cantava ou recitava um poema.

Mas quando nossa filha completou dois anos e eu comecei a refazer minhas bordas, perceber que tenho fronteira, que meu corpo é meu, quando comecei a sair, trabalhar, voltar a escrever, fazer poesia e mostrar para outras pessoas, encontrar meus amigos, cantar e sorrir sem a corda da maternidade presa em meu pescoço, aí ele se transformou. Tudo que antes ele dizia ser encantamento, virou do avesso. Meu sorriso, minha alegria, minha sexualidade, meus cabelos, batom vermelho, minhas roupas, aos poucos, toda minha personalidade foi sendo invadida e deformada. A vigilância, a condenação e as punições psicológicas as quais ele me submetia estancavam meu ar. Eu comecei a definhar, a me sentir culpada por tudo, passei a ter crises de ansiedade, até que o pânico tomou conta de mim.

Eu passava horas do dia tentando compreender o que eu tinha feito de errado, onde eu tinha vacilado, mas não encontrava uma explicação.

Ele insistiu para que eu fosse à uma psiquiatra, ele já tinha cuidado de tudo, marcou a consulta, dizia que eu não estava bem, que andava aflita e amargurada. Que seria bom pra mim. Comentava com os amigos que a situação em casa estava difícil, que ele não sabia mais o que fazer.

Decidi aceitar sua sugestão. Precisava me cuidar. Comecei a tomar um remédio que a psiquiatra orientou e, sedada, acabei aceitando toda aquela situação violenta. Era uma violência doméstica, só acontecia dentro de casa, fora dela, ele se mostrava o marido mais perfeito e compreensivo do mundo. Ninguém de fora podia perceber, era perverso. O remédio me fez suportar o desaparecimento de mim. Até que um dia resolvi parar com o medicamento. Sem que ninguém, nem ele mesmo percebesse, parei de tomar. Fui tentando voltar para mim, me redesenhando, mais uma vez, meu contorno, e a raiva que estava amortecida, ressurgiu.

Apoio minhas mãos abertas sobre a montanha, uma lembrança de quando era criança surge, eu fazia esse mesmo movimento nos troncos das árvores, fechava os olhos e pedia proteção, uma força descomunal tomava meu corpo por inteiro. Sentia-me mais corajosa. Agora minhas mãos se conectam com a superfície da rocha, grudam feito solas antiderrapantes. Observo-as com atenção, minhas marcas, manchas e pintas, honro minha pele, meu invólucro, o maior órgão humano, aquele que delimita a fronteira entre o que é corpo e o que é ar, órgão sem emendas.

A montanha me olha, parece me convidar para subir. Sinto cheiro de sal. Seu relevo brilha com a luz do sol refletindo em seus fluidos, um líquido espesso escorre, vaza, derrete entre suas fendas. O mesmo que parece fluir entre minhas pernas neste momento de excitação. É como se chorasse ou gozasse. Não entendo o que está acontecendo comigo. Mexo a língua dentro da boca, passo pelos lábios, engulo saliva. Decido, então, que vou escalá-la. Meu coração acelera, uma estranha sensação de entusiasmo e coragem toma conta de mim.

Afasto-me em lentidão, deixando para trás tudo o que sobrou, pedaços fragmentados de uma vida, meu amor, meu abusador, meu companheiro de vinte anos. Abandono o apartamento e penso em minha filha. Sei que ela está bem, morando em outro país, feliz, estudando, pesquisando, como sempre quis, como sempre sonhou. É estudante de medicina, está no primeiro ano, quer ser cardiologista, consertar corações. Ela ficará bem, tenho certeza, e isso me enche ainda mais de coragem. Mesmo sabendo que desde a sua viagem, ela nunca mais me ligou, nunca mais me procurou. Mas ela nunca precisou de mim. Nunca disse eu te amo, mãe, também nunca disse eu te odeio, mãe.

Choro porque não há como não chorar, um choro que sai do estômago, amargo e ardido, feito ácido corrosivo. Choro e minhas lágrimas escorrem, abro minha boca e sinto o gosto delas, passo a língua em meus lábios molhados e salgados. Penso que o líquido que escorre das fendas da montanha também tem gosto de lágrima. Gosto de sal.

Vou escalar a pedra gigante que saiu de dentro de mim. É de uma beleza absurda. Recolho meu caderno azul neon, jogado no chão da sala e decido que vou levá-lo comigo. Abro aleatoriamente.

hoje estou aqui


				já estive aqui


algum dia

Inicio a subida.

O sol arde.

Agarro o corpo da montanha com meus pés e mãos, feito imã, sou magnetizada pela rocha, meu corpo cola em sua superfície.

Ao tentar escalar, meus pés deslizam. Percebo que não tenho tanta força nos braços para a alavanca. Dobro um dos meus joelhos, finco o pé na rocha e impulsiono o corpo para cima, pressiono o outro pé na direção oposta da puxada, uso o peso do meu corpo para tentar me equilibrar. Escorrego algumas vezes e volto ao taco de madeira do meu apartamento. Reinicio a subida uma, duas, três, quatro, cinco, seis vezes, mas não penso em desistir, até que compreendo o movimento em equilíbrio. Um estranhamento fascinante invade meu corpo, é como se eu precisasse fugir do que deixei para trás, dos restos, das partes, das vísceras, do meu abusador, do meu amor, dos ossos, do sangue.

Agarro com a ponta dos dedos das mãos as fissuras que encontro pelo caminho, enquanto subo, olho para baixo e a vertigem do abismo começa a se manifestar em meus olhos. Uma leve tontura. Pedaços de terra continuam caindo em cima de mim. Contemplo a queda em conta gotas do meu próprio sangue, permaneço assim por um instante mirando a dança abismal vermelha. É nesse instante de distração — ou de absurda atenção — que meu corpo desliza, e quase despenca.

Agarro a montanha novamente com minha mão esquerda, estico meu braço, dobro o joelho machucado e empurro a rocha. Olho para a frente, meu nariz colado na montanha. Sinto cheiro de sal e, não sei porque, isso me dá forças para continuar a subir mais alguns metros.

Encontro uma saliência na pedra. Paro. Consigo apoiar meus pés e soltar um dos meus braços. Depois alterno e solto o outro. Respiro. Meu caderno azul neon está comigo. Algumas folhas estão rasgadas, amassadas. Mas há escritos intactos.

se alguém
um dia
souber a
diferença
entre
o que é a
necessidade e
o que é o
desejo,
me ensina
a enxergar?

Fecho o caderno. Guardo. Olho para o abismo. Um vento suave acaricia meu corpo, fecho os olhos, sinto a brisa delicada alisar minha pele, vejo alguns arbustos pequenos ao redor, que também se arrepiam com a sedução do vento. Consigo escutar o roçar da folhagem, ouço os pássaros, os bichos rastejantes, meu próprio coração. Há muitos anos não escutava esse tipo de silêncio.

Uma vez minha filha colocou o estetoscópio em meu peito, antes de ir embora, disse que queria guardar o ritmo do meu coração e levar com ela, disse para eu ficar bem, que longe dela eu também seria mais feliz. Depois de sua partida para outro país, só há ruído em meu peito, mas não quero deixá-la triste, então, mantenho a distância que ela me pediu.

Nosso apartamento sempre foi muito barulhento. Televisão ligada, máquina de lavar roupa, centrifugação, panela de pressão, gritaria, brigas, som de copos se estilhaçando nas paredes, aspirador de pó, vizinhos, avenida barulhenta, buzinas, trânsito, sirenes, minha própria voz rouca, a garganta ardendo, a laringe tensa, a voz dele sempre gritando mais alto, o seu ronco, a sua risada. Dentro desse apartamento nunca consegui cantar, porque nunca fui capaz de soltar o ar. Sempre quis ser cantora, mas desde que me casei, engravidei e pari, o ar ficou preso em meus pulmões, não consigo expirar, então, nunca estive pronta para cantar.

Tenho um pedaço de música que escrevi e que, apesar de sempre adiar a vontade, fantasio um dia cantar.

aproveito pra cantar
agora que você saiu
agora que você não está
eu aproveito pra cantar

com você perto de mim
minha voz é só aflição
engasgo
me rasgo
me afogo
pra dentro de ti

aproveito pra cantar
agora que você saiu
agora que você não está
eu aproveito pra cantar

com você longe de mim
minha voz é abismal
sou queda
abertura
altura
soltura
me lanço
pra cima de ti

Agora estou viva. Estou viva! Respiro profundamente. Inspiro e expiro. Se Deus existe, ele está na respiração. Posso senti-lo aqui junto de mim. Se Deus existe, ele mora nesta montanha instransponível que tento escalar. Nunca o encontrei lá embaixo. Está no corpo, na inteligência, no corpo humano, nos animais, nas árvores, nos rios, nas marés, nas montanhas, em tudo o que é vivo. E eu estou viva! Me sinto viva, depois de tanto tempo. E agora o cheiro do sal que me persegue. Que gosto terá? Preciso subir porque o sal escorre do cume da montanha, e eu vou continuar.

Finco minhas patas na pedra.

Abro os olhos. Estou de costas para o abismo, com o rosto de frente para a rocha. Vejo um bichinho morto sobre o relevo da montanha, um réptil minúsculo que virou fóssil, duro feito pedra, seco, em decomposição. Está ali, imóvel, colado na rocha. Há quantos anos estaria ali? Sinto-me ainda mais viva enquanto o observo. Por que será que sempre que estamos perto da morte nos sentimos mais vivas? Sinto-me calma. Descolo seu rabinho, depois o corpinho todo, e solto o réptil morto no abismo. Observo sua queda. Bonito de ver.

Transpiro diante do fóssil em queda livre. Giro o pescoço de um lado para o outro, inclinando meu corpo na direção do precipício, finco minhas quatro patas na rocha, na tentativa de enxergar a largura da montanha, e eis que vejo todas elas ali, junto de mim. Elas estão aqui! Como não enxerguei antes? Bem aqui, ao meu lado, na extensão da montanha, algumas sozinhas, outras com seus filhotes, as cabras também tentam se equilibrar, sobem, deslizam com muito mais audácia do que eu, diferente de mim, já estavam aqui antes, vivem soltas há muito tempo, com seus olhos enigmáticos, suas pupilas estranhas, olham para cima. Também desejam lamber sal.

Vou subir com elas, sinto-me mais segura ao lado delas, meu corpo cada vez mais integrado ao ambiente, meus movimentos mais sincronizados, percebo que a escalada é mais fácil se eu arquear a coluna para frente e apoiar nas quatro patas, equilibrando o peso, assim a base fica mais firme. Subo mais alguns metros, enquanto observo as cabras ao redor de mim, lembro mais uma vez de Hilda, de uma frase que sempre me perseguiu: *o olho dos bichos é uma pergunta morta*. O olhar das cabras tem algo de doce-infernal e sempre parece manifestar uma pergunta sem resposta. O indecifrável me movimenta em direção ao cume.

Uma das cabras mira o olhar em mim e caminha em minha direção. Medo e fascínio. Muitas vezes na vida senti medo e fascínio habitarem meu corpo ao mesmo tempo: todas às vezes em que amei e todas as vezes em que senti vontade de matar os homens que amei. Porque todos eles me fizeram morrer um pouco. Porque eu sempre disse sim aos homens. Aí, de repente, sem avisar, o meu sim se transformou na minha própria prisão. Também disse sim quando me casei. Desacreditei do amor que virou a negação do sim. Casei e segui casada dizendo sim para o meu marido. Dizendo sim para tudo. Quando tentei dizer não, não tinha mais volta. Eu já não tinha mais voz, e fiz do meu silêncio o sim, e deste sim o meu cárcere.

Antes dele, amei muitos outros, e para tantos eu também disse sim. Mas por nenhum deles, antes do meu marido, meu amor, meu abusador, eu nunca havia morrido. Nem por um triz. Transei muito. Transei com muitos. Amei com audácia. Amei e desejei a dor. Me iludi. Viver dentro da bolha ilusória do engano faz a vida ser mais delicada. Sempre me enganei. Sempre enganei os outros. Me parecia tão fácil enganar os homens quando se tem amor por eles. Mas também é tão fácil se enganar e ser enganada. O amor, por si só, já é o próprio engano. Uma brincadeira perigosa.

Brinquei de invadir quartos, vidas, banheiros, músculos, armários, privadas, ralos, órgãos, gavetas, pias, bundas, fechaduras, corações, cus, caixas, camas, nervos e casas. Amei com vontade e, mais ainda, com ingenuidade. Pensava que a ingenuidade fosse a minha malícia, mas fui enganada por homens canalhas que invadiram meu coração e furaram meu espírito, roubaram minha alma. A vida é uma eterna enganação.

Tenho vontade
de matá-los
para poder
sonhar com eles.
Sonhar com os
mortos é mais fácil.

Tenho vontade
de matá-los
sonhá-los e
ressuscitá-los
para matá-los
novamente.
E sonhar.

Matar para sonhar
e fazer reviver.

A cabra se aproxima, nos encaramos. Sinto sua respiração, o ar quente do focinho toca meu nariz. Ela mastiga alguma coisa, tem algo engraçado em sua movimentação, parece zombar de mim, o movimento da sua boca de um lado para o outro, o olhar fundo no meu. Sua pupila é estranha, demoro a perceber o que tem de esquisito. Vejo meu próprio reflexo em seus olhos, sou eu a estranha refletida. Insisto em entender o que tem de especial em seu olhar, até que me dou conta de que sua pupila é retangular! A pergunta-morta parece querer sair de dentro do olho do bicho. Será que ela me vê diferente daquilo que realmente sou? Será que a pupila retangular modifica a forma daquilo que se vê? Que forma eu tenho?

Enquanto nos encaramos, sinto uma dor aguda no fundo dos meus olhos. A visão que, antes se restringia em cento e oitenta graus, se expande e alarga meu horizonte. A paisagem se amplifica, meus olhos estão esticados. Minha pupila deixa de ser redonda, vira um retângulo. Enxergo as cabras ao meu lado e atrás de mim. Vejo perfeitamente a montanha e o precipício. Minha visão agora é de trezentos e trinta graus. Consigo ver minha própria nuca! Agora posso avistar meus predadores, todos que me perseguem. Deixo de ser ameaçada. Agora, posso matar quem chega por trás, antes que me matem.

A cabra se afasta. Observo seus movimentos, seus chifres. Vislumbro minha subida e minha queda sem precisar mover meu pescoço, enxergo tudo ao meu redor simultaneamente. Lembro do meu caderno, recordo de algo que escrevi ainda na semana passada.

Há que se espantar com as coisas da vida para que elas se mantenham vivas através do olhar da escritora e a escrita tenha urgência de acontecer. Inventar o novo a partir do corriqueiro, do banal, do cotidiano é o olhar de estranhamento. É realizar a pergunta morta não em sua resposta, mas em seu escancarar da dúvida. Escrever é escancarar o buraco do não saber. Ver a flor em estado de brotamento. Ver a linguagem brotar bem na sua frente. O desafio da escritora é fazer o brotamento perdurar até alcançar os olhos de quem lê, sem a pretensão de responder absolutamente nada.

A pergunta morta insiste em me fazer subir. Continuo minha escalada, preciso chegar ao topo da montanha, desejo o sal que escorre lá do alto, necessito fugir daquilo que vivi. Não consigo me lembrar com exatidão do que fiz, mas lembro com fúria do que ele fez comigo. Curvo minha coluna para frente, finco minhas quatro patas na rocha, meus cascos antiderrapantes não me deixam cair, minhas solas aderem à superfície. A montanha agora é praticamente vertical, sinto um êxtase profundo em desafiar a gravidade.

Eu, animal quadrúpede.

O que resta de humano em mim? A pergunta-morta insiste. Continuo a subida. Por que subir? Para que subir? Olho para as cabras, elas também sobem.

Não há machos.

Porque aqui há muita

falta

e machos não lidam bem com a falta.

Há só o risco constante da

queda

Machos não suportam saber que podem

cair...

Um filhote de cabra despenca bem na minha frente. A mãe desesperada olha para o corpo do filho em queda. Ela nada pode fazer, a não ser se jogar também, mas está paralisada, com sua pupila retangular fixada no filhote.

Lembro de uma música que escrevi. Abro meu caderno azul.

está tudo desmoronando

o tempo desmorona
o meu peito desmorona

minha bunda desmorona
minha casa desmorona

meu trabalho desmorona
minha cesárea desmorona

minha garganta desmorona
minha barriga desmorona
minha língua desmorona

minha cama desmorona
minha família desmorona

minha verdade desmorona
minha viagem desmorona
minha vagina desmorona

a minha vida desmorona.

Se eu também cair, minha silhueta ficará cravada na terra e o vento, o tempo, um contratempo apagará minhas bordas. Senti, durante toda a vida, minhas bordas serem desfeitas. Sempre fui uma mulher sem fronteiras, um pouco inconsequente, é verdade, vou até esgarçar, ultrapasso meus limites e muitas vezes necessito criar essa tensão para entender o que sinto. Aí, então, consigo agir em direção à uma decisão. Lembro-me de alguns momentos da minha vida em que as bordas foram borradas, outros são o próprio buraco de origem, aquele que a gente não alcança de volta.

O dia em que meu pai foi embora, a noite em que minha mãe chorou sem um segundo de pausa, o meu choro de abandono, o dia em que pari sozinha. A traição, a mentira. O puerpério, o trauma repetido, o dia em que acreditei na família, o dia em que desacreditei da família. A primeira vez que minha filha me desenhou no papel. A primeira vez em que fui ao teatro, a catarse. Ver minha filha dormindo. O que a música faz comigo, toda vez que ouço Elis. A primeira vez que gozei. Meu primeiro livro. A primeira vez que menti. Meu segundo livro. O som do meu violão. Toda vez que ouço Nina. A primeira vez que minha filha andou. Meu primeiro amor. Ver o amor se desfazendo pela primeira vez. A semente que plantei e virou árvore. A dor nos joelhos. A primeira vez que minha filha caiu no chão, o instante em que ela saiu de dentro de mim, seu primeiro sorriso, ela engatinhando, o primeiro passo, sua primeira palavra, o leite vazando das minhas tetas, o aborto, a espera na coxia para entrar em cena, o dia que assumi que sou artista, o dia que quase desisti de ser artista, de ser mãe, de ser algo eficaz e importante para mim ou para alguém, o dia que morri caindo do abismo e cantando um samba, o dia que minha voz sumiu, meu corpo despedaçou, virei oferenda. O dia que percebi que não posso cair no abismo, que minha voz não pode sumir, meu corpo não pode despedaçar, nem virar oferenda, desde de que me tornei mãe, não posso morrer, preciso permanecer. O dia que minha filha, ainda criança perguntou, depois de muito silêncio: mamãe, quando você ficar muito muito muito velhinha e virar estrelinha, quem vai cuidar de mim? Respondi sem saber se a resposta seria suficiente, se eu seria suficiente: vai demorar muito muito muito tempo para a mamãe ficar velhinha, minha filha.

Olho para o alto, continuo a subida, assim como a mãe cabra que acabou de perder seu filhote. Seguimos escalando rumo ao topo da montanha, necessitamos do sal que escorre lá no alto. Sem essa substância, nossos ossos não se desenvolvem. E eu já não sei se também escalo por necessidade ou por desejo. E qual a diferença?

Observo-a subindo, seus movimentos estão mais lentos e tristes. Deve ser a dor de perder um filho. A cabra, então, estanca. Volta o olhar retangular para baixo, lá no ponto onde seu rebento despencou. Permanece assim durante alguns minutos, ao meu redor, tudo congela, inclusive os sons, vácuo absoluto, paralisação, a imagem estática, o silêncio ensurdecedor, o desespero toma conta de mim. Ela vai se jogar! Não, não faça isso, por favor! Não desista. Eu sei como é, eu também já perdi um filho. Eu berro com as patas fincadas na pedra, imploro que não caia, choro, meus olhos esbugalhados, minha boca aberta, meus pelos eriçados se multiplicam em meu corpo quadrúpede, uma pelagem fina e delicada. Continuo berrando, por favor! Não! Continue a subida! Você tem que continuar! A cabra me olha, tem chifres enormes e exuberantes. Seu olhar não é mais de desespero, agora está morto, opaco. Reconheço ali minha semelhante. Com o olhar fixo em mim, ela despenca. Mais uma vez, sou testemunha, agora de um suicídio, o corpo da mãe ao lado do corpinho do filhote. Mas antes de se jogar no abismo, ela já estava morta. Não há como suportar a morte de um pedaço seu.

Estou exausta. Meu coração acelerado, meus pelos molhados de tanto suar. Sinto os cascos das minhas patas crescerem, e vez ou outra preciso batê-los no chão, para casque-los. Controlo a minha temperatura corporal de uma maneira antes nunca possível, e o suor desaparece. Meu olhar trezentos e trinta graus, pelos por todo o corpo, chifres, um animal quadrúpede.

Durante muito tempo, fingi ser diferentes mulheres, performei diversos corpos e estados, ativando memórias e fantasias, algumas vezes era divertido, em outras era o pesadelo. Meu casamento foi um dos fingimentos, acreditei nele mais do que deveria, ultrapassei meus limites de sanidade. Comecei a ter crises de pânico, sentia-me o tempo todo abandonada. Ele nunca me escutou de verdade, estava sempre com a cara enfiada no celular, fazendo coisas que eu fingia não saber. Se os olhos não estavam na tela, estavam fixados nas mulheres que passavam ao nosso lado nas calçadas, nas mesas de restaurante, nas salas de cinema, nas festas, nos shows. No começo, eu demonstrava insatisfação, perguntava o porquê daquela atitude, brigava, reivindicava respeito. Na maioria das vezes ele dizia que eu estava alucinando, me chamava de louca. Uma única vez, ele assumiu, disse que não sabia porque fazia aquilo, era maior do que ele, o movimento de contorcer o pescoço era automático. Depois desse dia, toda vez que a coisa se repetia, eu fingia não perceber o seu olhar para outros corpos, na maioria das vezes, corpos de meninas mais novas que eu, muitas até menores de idade.

As mulheres desistem de reclamar, chega um ponto em que elas fingem não perceber, a gente fica meio anestesiada. E assim, a masculinidade segue seu percurso violento.

Também tentei desempenhar o papel da boa mãe, aquela que a sociedade formatou e cristalizou como a mãe eficaz, a mãe perfeita. Aquela que vai ao parque com as crianças, estende uma toalha quadriculada na grama, abre os tupperwares com frutas e legumes, pães sem glúten, água de coco natural, açúcar orgânico, sal do himalaia, aquela que leva brinquedos de madeira, nada de plástico, nada de telas, aquela que rola e gargalha no gramado, brinca horas e horas com os filhos sem reclamar. Mas a ansiedade sempre tomou conta de mim, desde que me tornei mãe. Havia algo em meu corpo que atrapalhava o entusiasmo, uma falta de ar, uma tensão no meio do peito. Acho que as crianças sentem quando estamos angustiadas. Tentei viver a cena do piquenique uma única vez e falhei, minha filha não comeu nada, gritou o tempo todo porque queria voltar para casa, fez xixi na calça, me chamou de chata, chorava porque queria ver desenho animado no celular, esperneou, saiu correndo no meio do mato, eu corri atrás e gritei com ela. Chorei na frente dela porque gritei, me senti culpada por chorar na frente dela, por gritar, por ter nos colocado naquela situação que nada mais era do que uma tentativa de emular uma família perfeita. Eu nunca me encaixei nesse ideal de mãe. Nunca entendi exatamente o que é ser uma boa mãe. Sempre fiz questão de impor meus desejos de mulher equilibrados aos de mãe. Nem sempre consegui consumá-los. A maternidade te obriga a desapegar. Isso pode ser muito bonito ou muito perverso.

Criar uma filha é como escrever. O ato da escrita em si não é sobre se sentar na cadeira em frente ao computador e ter uma ideia genial, uma inspiração repentina, e sair escrevendo. Escrever é lidar com a falta e com todo o mal-estar que ela te causa. Assim como o trabalho de cuidado. É ultrapassar o limite suportável que o processo te oferece. É como contar um segredo, é angustiante, dá medo. Escrever é metamorfosear-se. Escrever é lidar com o desconhecido, assim como a relação estranha e familiar de criar uma filha. É um processo aterrorizante. As palavras demoram a sair, e quando saem, eu leio, releio e apago o que havia escrito e reescrevo, de outra forma. É como se no tempo da escrita tudo fizesse sentido, aí a vida segue, a gente dorme, acorda, olha para o que ontem escreveu e hoje já não faz mais sentido. É como observar o desenvolvimento de uma criança. E é talvez aí que esteja o segredo da escrita e da parentalidade: ao invés de apagar os arrependimentos, eliminando aquilo que não faz sentido, porque não aceitar o erro e o incompreensível? Aceitar o surreal da vida, como nos sonhos, onde não há ordem nem linguagem coerente. Aceitar aquilo que não faz sentido. O equilíbrio entre empurrar e ceder. Escrever e acreditar nas palavras, no movimento delas. O difícil limite entre proteger e deixar seguir. Acolher os buracos ao invés de preenchê-los, deixá-los escancarados. Preencher buracos é uma ideia falocêntrica, melhor deixar os buracos escancarados. Construir uma língua mátria. Fazer perguntas mais do que obter respostas, porque são as perguntas que nos movem. Porque o que interessa à escrita é o inacabado, o processual, mais o significante que o significado. Mais o som da palavra, a melodia do texto do que a informação límpida, cristalina e bem comunicável. Nada faz sentido. Então porque negar à literatura, o absurdo e o confuso? A ideia de boa mãe aniquila o amor genuíno e a aceitação do processual. Todo processo contém erro, e aceitar o erro como um desvio necessário para a criação é melhor do que afirmar sua inexistência. Todo processo criativo é um erro. Almejar a boa mãe é encontrar-se constantemente com a angústia. Uma vez me disseram que a maternidade preencheria meus buracos. Tive minha filha, nenhum dos meus buracos foram preenchidos, ao contrário, ficaram ainda mais expostos, e hoje sigo, toda aberta, escrevendo para tentar compreender a existência, não para me conformar, mas para inventar uma verdade que pelo simples fato de não ter explicação, conforta.

Minha pata pisa em falso, quase deslizo e caio no precipício. Sinto uma vertigem, estou desequilibrada. Finco a outra pata na rocha e subo mais um pouco. Neste ponto, a montanha tem quase noventa graus de inclinação, meus movimentos são cada vez mais audaciosos. Estou zonza, a visão um pouco embaçada, como se houvesse uma névoa em meus olhos. O vento assobia. Um gavião voa lá no alto da montanha. É meu predador. Mais um deles, seus olhos miram a superfície da montanha, seu corpo enorme, suas asas abertas como se abraçassem a pedra gigante. O pavor de ser devorada. Ele sobrevoa procurando a presa, acho que ainda não me avistou, rezo para que vá embora. O medo não estanca meus movimentos, ao contrário, sou tomada por uma agitação descontrolada, acelero a subida, dou pequenos saltos feito alavancas que me direcionam ao cume, atravesso a montanha aumentando o tamanho dos saltos, as patas esticadas, a coluna impulsiona o corpo todo, meu pescoço se movimenta para cima e para baixo. Acho que subi mais uns cinquenta metros, estou esgotada, sinto sede. Coloco a língua para fora e respiro pela boca, ofegante, o som do ar que entra e sai, o peito arfando, os pelos suados. Estanco. Olho para cima, ele continua sobrevoando. A saliva pinga na rocha, umedecendo-a. Sinto sede. Penso na minha mãe, sinto uma saudade imensa. Sussurro clamando por ela, desejo sua presença de volta, sua voz, seu cheiro, suas mãos, o abraço que quase não existiu.

Na minha família, minha mãe foi a única que se divorciou e isso nunca foi visto como libertação, mas como infortúnio, desgraça. Queria conseguir falar para ela que a separação foi sim a sua libertação e libertar-se não devia doer, talvez no início, depois a gente tem que voar, mãe, não importa se nos chamam de louca, porque toda mulher é, não é, mãe? Você também é! Não há como escapar, a loucura nos salva desse mundo violento. O problema é que algumas de nós não sabem da própria loucura e aí são aprisionadas por homens que nos fazem ainda mais loucas. Mas a loucura tem que vir da gente, não de outro, mãe, porque saber-se louca é libertador, não há como manter-se sã nesse mundo, mãe, então sejamos loucas! Mas é a gente mesma que tem que afirmar que somos loucas. Honro minha loucura e faço dela minha salvação, porque há tanta dor em meio a tanto desamor, não é mãe? Talvez eu tenha te feito mais triste, não foi de propósito, meu amor tem um pouco de raiva, não de você, mas de quem você se tornou depois dessa tristeza, dessa amargura toda. Sei que também te fiz muito feliz em alguns momentos. Eu sei que te fizeram muito mal, foi muito cruel, desde que eu nasci sua vida se desfez, não é? Também eu senti isso na pele. Por isso temos que ser loucas, porque a loucura te protege, já o ressentimento te esmaga e faz o avesso da gente, mãe. Não há como se encontrar com a verdade estando ressentida. A verdade requer coragem, mãe. Desculpa, mãe, eu juro que fiz o que pude.

Meus pais não se abraçavam, não se beijavam, não dormiam juntos. Cada um tinha o seu quarto. Para mim, que nunca compreendi o porquê dessa obrigação em dividir a cama depois que se casa, isso não seria um problema, mas para eles, no contexto da nossa família, dormir em quartos separados era sinônimo de separação.

Apesar disso, nunca presenciei uma briga mais acalorada entre eles, a casa era sempre silenciosa, o vácuo tomava conta dos cômodos. E eu não entendia porque permaneciam juntos, cheguei muitas vezes a pensar que era por minha causa, talvez, desde o meu nascimento, a maldição se fez e mais um elo obrigatório matrimonial tinha que persistir. Eu não me importaria se eles se separassem, talvez eu seria até mais feliz, porque poderia conhecê-los nas suas individualidades, mais perto dos seus desejos, de suas verdades.

Minha mãe não sorria, meu pai não falava. Ainda assim, ele era sempre servido e cuidado por ela, não precisava pedir nada, tudo estava ao seu alcance. Nunca agradeceu nada, nunca sorriu para a minha mãe. Já minha mãe, necessitava falar de vez em quando, porque precisava perguntar o que nós queríamos almoçar, insistir para eu entrar no banho, escovar os dentes, colocar o pijama, reclamar de vez em quando, baixinho. Quando precisava, ela falava, mas não sorria. Vivíamos os três sob o mesmo teto, mas estávamos separados um do outro o tempo todo.

Não sei quando se deu essa separação de corpos entre eles, mas me lembro vagamente de uma passagem, eu devia ter uns seis ou sete anos, minha mãe com a cara toda inchada de tanto chorar, nos servia à mesa o macarrão, e assim que se sentou, o pai perguntou: e aí, o que você decidiu? Eu vou abortar!

Eu, mesmo sem saber ao certo o significado da palavra *abortar*, absorvi em meu corpo a experiência de minha mãe. Tem coisas que a gente não precisa saber o significado para assimilar, tem coisas que a gente sente e o dicionário nem dá conta de explicar. Meu desejo era abraçá-la naquele instante, se eu fosse mais corajosa, teria corrido até ela, agarrado em sua cintura e gritado: Não faz isso, mãe! Queria tanto uma irmãzinha! Mas não fiz nada, não seria capaz, ainda bem. Se eles eram tão tristes com a minha presença, imagina se tivessem mais um filho! A duplicidade da maternidade traz consigo a tristeza também duplicada.

No dia seguinte, ela ficou fora o dia todo, foi para a rua bem cedo, meu pai não saiu, permaneceu afundado na poltrona, em absoluto silêncio. Quando ela chegou, no final da tarde, não falou com ninguém, foi até a cozinha, fez comida, arrumou a mesa, nos serviu e limpou tudo, como sempre fazia.

Passados alguns meses, talvez dois ou três, não mais que isso, o pai chegou do trabalho, sentou na poltrona de sempre, chamou minha mãe e subitamente disse que ia sair de casa, tinha conhecido outra mulher, estava apaixonado, precisava viver essa paixão. O rosto de minha mãe, que nunca sorriu, se deformou de um jeito estranho, uma mistura de dor e alívio, ódio e liberdade. Ela escutou em silêncio tudo o que meu pai tinha a dizer, enquanto lavava a louça como se nada estivesse acontecendo, e ele falou, falou, e quando terminou, ela sorriu. E quando ele deixou a cozinha, ela começou a cantar junto ao som da torneira aberta, já sem louça na pia. Pela primeira vez na vida eu escutei minha mãe cantar. Ao som da água e da voz da minha mãe, meu pai caminhou até meu quarto, se aproximou da cama onde eu fingia dormir, e beijou minha testa, dizendo que me amava muito e, então, foi embora, para nunca mais voltar.

O gavião foi embora! Sinto um alívio profundo, sorrio. Com a boca aberta, a língua para fora, a saliva espumando, olho para o abismo. Ainda me é possível sorrir? Meus olhos esbugalhados, berro na direção do precipício, o som que sai das vísceras ecoa no espaço, um som desconhecido para mim, grave e brilhante. A língua comprida, salivando me faz lembrar da última vez que olhei para ele, ainda no apartamento, minutos antes do início dessa escalada.

Estava deitado na cama, roncando, seu pau mole, murcho, morto. Não senti absolutamente nada enquanto o observava. Talvez um pouco de nojo. Fiquei uns minutos olhando aquele homem, meu amor, meu marido, meu companheiro, meu abusador, meu estuprador, pai da minha filha.

Consigo sentir seu cheiro daqui do alto. Senti vontade de lambê-lo, enquanto ele dormia. Chupar. Sugar. Morder. Mastigar. Há algo do passado que persiste em se fazer presente. Uma nostalgia que mata e que me faz pensar que quero aquela língua salgada de volta. Era quente, molhada e entrava na minha boca como quem atravessa uma fronteira em definitivo. Ele contornava meus lábios com a pontinha da língua, depois enfiava nas minhas narinas como quem explora duas cavernas sinistras. Beijava meus olhos e parecia encontrar dentro deles toda a calmaria que um dia talvez tenha sonhado para si. Sussurrava em meus ouvidos palavras que nunca entendi porque talvez nunca tenham existido. Inventava palavras para dar conta de mim. Sua língua salgada me fazia ficar. Lambia minha vagina como ninguém nunca lambeu, conversava com ela e contava histórias até então desconhecidas. Uma língua desconhecida. Língua que goza ao pé do ouvido. No meu pé. Lembro do seu líquido quente nos meus pés. Depois, a gente se lambia, e se beijava e engolia aquele líquido espesso, que colava as nossas bocas uma na outra. Espuma do mar salgada. Língua poesia que antes existia e há muito se perdeu.

O sol queima meu corpo, a superfície da rocha está fervendo, o topo da minha cabeça arde, meu cérebro frita. Estou chegando perto do sal. Não vejo a hora de me deliciar. Olho para as outras cabras e elas parecem satisfeitas. Poucas vezes na vida me senti satisfeita. Sinto fome constante. A falta me esmaga, sou feita de excessos.

Continuo a subida, alcanço mais alguns metros acima, já devo ter escalado uns duzentos metros ou mais. A dor de cabeça aumenta. Quem sabe o sal me cura e me limpa? A dor de cabeça torna-se infernal. Paro numa fissura da montanha. Sinto e observo o ardido insuportável. Mas não posso desistir. Tem que dar certo. Mas o que é essa obsessão por dar certo? O que é dar certo? Por que não consigo soltar? Amar significa permanecer? Posso amar e soltar? Amar e ir embora de vez? Tem coisas que não são feitas para durar. Tem coisas que nem faz sentido durar. Quem impôs no corpo da gente essa ideia do para sempre?

Parada diante da paisagem absurda, dou-me conta de que meu caderno azul já não está mais comigo. Já não visto mais saia nem camisa larga, sou toda feita de pelos. Onde foi parar meu caderno? Deve ter caído no precipício. Ou talvez nunca esteve comigo. Com as quatro patas cravadas na pedra, a dor de cabeça aumenta. Permaneço parada, urrando de dor. Uma cabra se aproxima de mim, cola o focinho no meu. Olho-a. Tem chifres enormes. Estou refletida em sua pupila retangular, vejo minha imagem de cabra em processo de metamorfose. Compreendo, então, o motivo da dor de cabeça, vejo através dos olhos da minha semelhante, meus chifres crescendo no topo da minha cabeça, emergem dilacerando o osso do crânio. Eles inflam, se expandem em direção ao céu, as pontas angulam em movimento espiralar. Quando atingem seu tamanho máximo, a dor de cabeça, subitamente, cessa. Meus chifres atingem o tamanho que têm de ter. São esplêndidos.

Sinto o peso dos meus chifres. Sinto-me protegida. Posso utilizá-los em luta. Vivencio através deles um corpo viril: libido, vitalidade, poder de procriação. A virilidade não é exclusividade dos homens, sempre fui uma mulher viril. Honro meus chifres, eles representam o sagrado e o profano da minha existência. Se eles cresceram em minha cabeça é porque há profanação em meu corpo. Meus chifres são irreverentes. Insulto e rezo por quem me pôs chifres. Minha reza é minha profanação. Meus chifres revelam a verdade e a mentira. Representam o perdão inalcançável, a ambivalência constante em meu corpo. Meus chifres são minhas contradições. Simbolizam as perguntas mortas e sem resposta que perturbam minha mente.

Quando foi que começamos a nos perder? Quando foi que começamos a nos esquecer um do outro? É possível descartar o que já foi, e seguir adiante apesar de tudo? Como definir o que é aceitável ou inaceitável? Qual o limite ético? Como e quando relativizar um ato mentiroso a fim de acreditar que agora será diferente? Até quando persistir? Quando é a hora certa de desistir? Como perdoar uma mentira? É possível perdoar uma traição? O que é uma traição? O que define a falta de caráter? A ética é relativa? Há uma ética universal? Permaneço com meu desejo sujo, podre, egóico, submisso, burro e impotente ou afirmo minha ética, meus valores, minha racionalidade, sabedoria e inteligência? O que me faz mais sábia? Meus pensamentos ou meus sentimentos? O que me faz mais corajosa? Fugir ou permanecer? Como saber do meu real desejo se todo o tempo ele é atravessado por pensamentos lógicos?

Não sei. A única coisa que sei é que não sou mais aquela de antes. Há chifres. Chifres de verdade em minha cabeça. Sou uma cabra. Uma cabra montanhesa. Cabras montanhesas vivem toda uma vida à beira do precipício lambendo sal. Sem ele, não sobrevivo. Sem ele meus ossos não crescem, meus chifres não existem. Esse sal que cura, que protege, que limpa. O sal na dose certa, que agora, para mim, poderia ser um oceano inteiro.

Finalmente cheguei. E aqui não há oceano, mas o cume de uma montanha, onde escorre o líquido salgado bem na minha frente, fluindo da fenda da rocha gigante. Sinto a loucura tomando conta do meu corpo, olho para baixo e a percepção do precipício junto à vertigem gera um movimento de dissociação entre aquilo que fui e aquilo que serei. Cheguei até o cume, como fui capaz? É uma loucura lúcida, algo que escapa, não é mais sobre estar no passado, mas sobre narrar algo no tempo de agora, encarnar outra vida no tempo presente, fugir do sufocamento de um só existir. Inventar novas possibilidades de afetos, reconfigurar percepções e relações. Criar ficção para viver outra vida, fazer ficção de si. Sem esse horizonte não vejo graça na vida, é tudo muito burocrático e eu abomino qualquer tipo de burocracia. Por isso escrevo, para me salvar, ainda que agora, todos os meus cadernos tenham sido destruídos por ele, meu marido, meu amor, meu abusador, meu companheiro, meu estuprador, pai da minha filha, que destruiu meus escritos na tentativa de me impossibilitar de inventar e me reinventar. Ele pode comer meus cadernos, mas não pode devorar minha imaginação, muito menos as palavras. É pelas palavras que imagino coisas que ele jamais imaginaria, e se elas já não podiam mais serem ditas, eram escritas. Minha imaginação é fértil. Sim, sempre foi. Eu sou fértil. Sempre fui. E é justamente no horror que descubro a beleza que muitas vezes não encontro na minha vida ordinária.

Quantos anos escrevendo sobre as cabras e as montanhas! Quantos anos desejando ser esse bicho!

A luz do sol faz o líquido brilhar. Estou confusa, a sensação é a de que desapareço no ar, feito pó que o vento leva embora. Não, eu não posso perder isso que eu não sei o que é. É justamente sobre o que não sei, que toda a narrativa se constrói.

Sinto minhas patas ainda mais aterradas no solo. De onde tirei tanta coragem? Há um silêncio ensurdecedor que venta ao redor de mim. Sinto o cheiro do silêncio.

Tudo que sempre desejei expressar enquanto escrevo não está nas palavras, mas no som do silêncio ensurdecedor do vento das palavras. Aqui em cima, com as patas firmes na rocha, os chifres enormes espiralados, meus pelos em movimento, meu corpo de cabra, olho com meu olhar retangular e alargado para tudo ao meu redor. O tempo em suspensão e uma sensação de êxtase.

As outras cabras ao redor de mim, lambendo sal, se deliciando. É nesse tempo suspenso que eu abro a boca, coloco a língua para fora e, finalmente, lambo o sal. Uma única lambida, o movimento da língua de baixo pra cima. Lambo mais uma vez, para ter certeza do gosto, insisto no movimento da língua, várias vezes. Não entendo porque desejei tanto essa substância. As outras cabras lambem, e eu repito a ação vertiginosamente. Percebo minha língua cada vez mais densa e a minha estrutura óssea mais evidente. Quanto mais eu lambo, mais salivo, a baba consistente escorre nos meus pelos, minha língua é tomada por cristais de sal, a insanidade nunca me pareceu tão lúcida. Meus olhos ficam avermelhados e ardidos, como se o fogo penetrasse em minhas pupilas e depois jorrasse em forma de retângulo. Pelos se multiplicam em meu corpo e meus chifres crescem pontudos em direção ao céu. Estou alucinada, o delírio me captura. A cada lambida, meus cornos se desenvolvem mais, espiralando. Meu crânio pesa, meus olhos endiabrados. O ódio toma conta de mim. Meu rosto desfigurado, não possui a doçura de antes, é perverso. Enquanto lambo o líquido salgado, sorrio lembrando da última imagem que tenho em mente, antes do início da fuga: ele deitado na cama, mole, murcho, quase morto. Interrompo a lambida.

Gargalho escandalosamente.

Decido, então, que vou descer. Não há mais o que fazer aqui em cima. Meu olhar vermelho mira o abismo, estou pronta. A descida é sempre mais fácil. A volta é sempre mais rápida. Mas logo na primeira pisada, tropeço, cambaleio. Falho no declínio. Caio no precipício. E enquanto caio — em câmera lenta — lembro de quando eu tinha catorze anos e conheci um cara de vinte e sete na academia, durante os treinos de musculação, ele passava a mão nas minhas pernas, insistia que eu precisava de auxílio para me alongar, então, aproveitava para me acariciar, me apertar. Eu tinha catorze anos e muita dor nos joelhos. O ortopedista me orientou a treinar e fortalecer a parte interna das coxas. Era essa a parte preferida do meu personal. Ele fazia questão de me ensinar a como dobrar os joelhos, esticá-los, empurrar o aparelho, agachar, abrir e fechar as pernas, sempre com as mãos em meu corpo. Ele me observava fazer o agachamento, fixava o olhar na minha bunda, na minha buceta marcada na calça de lycra. Eu morria de vergonha, mas ao mesmo tempo me sentia desejada. Enquanto ele me admirava, eu fazia de tudo para não interromper o exercício, continuava o movimento, aumentava a carga dos aparelhos, prendia a respiração para levantar mais peso, meus músculos aumentavam, minha bunda crescia.

Comecei a ficar grande e forte, e a ilusão de uma virilidade me fascinava. Não sabia exatamente que sensação era aquela, talvez tenha sido nesse momento, aos catorze anos, que a confusão entre prazer e dor se fez em mim. Tesão e angústia indissociáveis. Tudo o que ele dizia, seu olhar, suas palavras sobre o meu corpo, os elogios, me deixavam mais curiosa. Foi então, numa tarde fria, depois do treino, que ele me seguiu até o vestiário, me puxou pelos cabelos e, delicadamente me beijou. Na hora senti meu corpo todo esquentar, desejo e medo, uma sensação que até então ainda não tinha experimentado. Ele deslizando as mãos por todo o meu corpo, me apertando, separando a minha bunda, abrindo-a com as mãos, e por baixo chegando à minha buceta, que latejava. Além do desejo, do tesão e do medo, também sentia alguma culpa, claro, eu tinha só catorze anos.

Ele foi o meu primeiro homem. Depois de um tempo, todos na academia sabiam. Um cara de vinte e sete anos com uma garota de catorze. Ninguém nunca falou nada, todos achavam normal? Foi com ele, com esse homem feito que tinha o dobro da minha idade que, eu, uma criança vivi a minha primeira experiência sexual.

E nessa primeira vez foi horrível. Sangrei de dor. Eu não queria transar, mas não soube dizer não. Nunca soube dizer não.

Alguns meses depois, ele me disse que tinha uma namorada e que ia se casar. Queria ter filhos. De mim, ele só queria arrancar a alma. E conseguiu. Alguns homens têm esse plano de vida. Talvez todos os homens tenham esse plano. Arrancar nossas almas em momentos de vulnerabilidade. Eles estão sempre no poder. E talvez por isso, ao longo da minha vida, de maneira inocente, eu achava que só outro homem poderia me salvar do estupro que sofri aos catorze anos. Mas o que sempre aconteceu foi mais violência a cada relacionamento. Nunca fui salva. Eu era só uma garota apaixonada. Minha vida poderia ter sido mais leve e bonita, mas foi maldita. Muitos anos depois, me dei conta de que havia sido estuprada. No momento em que tudo aconteceu eu até achei que estava no poder, juro que achei.

De repente estou no chão.

Olho para a base da montanha, onde tudo começou. Avisto um pontinho azul neon. É meu caderno.

Não senti dor no impacto, meu corpo de cabra intacto, meus chifres perfeitos, meu olhar trezentos e trinta graus, minhas solas antiderrapantes, mas não há mais terra, nem pedra. Estou caída no taco de madeira da sala do meu apartamento. A porta de saída fechada. A sala exatamente como estava antes da minha fuga, da minha escalada. Meus cadernos destruídos, as folhas soltas, espalhadas pelo chão. Só meu caderno azul neon intacto. Abro na última página.

Escrever é lidar com a falta. É esmiuçar o próprio desamparo inerente à vida. É escancarar o desejo latente sabendo que nunca o consumaremos.

Escrever é como voltar ao instante do nosso nascimento, ali onde nos tornamos seres desamparados e angustiados.

Narrar para sobreviver.

Escalar a montanha, metamorfosear-se, matar para se salvar.

Escrever é poder realizar o que se deseja sem que te condenem.

Meus olhos ardem.
Ouço ele roncar no quarto.
Sinto seu cheiro de longe.
Vou até lá.
Vejo-o na cama.

Há uma beleza estranha nos homens quando estão dormindo. Uma mistura de vulnerabilidade e perigo. Homens sonolentos são mais belos. Um homem desperto é sempre perturbador.

Aproximo-me dele, do meu marido, meu companheiro, meu amor, meu abusador. Sussurro em seu ouvido: voltei, mas ele não escuta, continua dormindo e roncando, pelado, mole, murcho, quase morto.

Meu focinho quase toca sua boca aberta, com os meus sentidos ampliados, sinto um cheiro de azedo feito esgoto, depois vasculho com as narinas seu corpo todo, há quanto tempo ele está ali?

Examino sua respiração, o peito estufa, as costelas abrem e fecham, observo com atenção seus ossos: clavícula, esterno, costelas verdadeiras, falsas e flutuantes. A caixa torácica servindo de proteção dos pulmões e coração, em perfeito funcionamento. Deito minha orelha esquerda sobre seu coração, consigo escutar seu batimento cardíaco. Nesse instante, ele se mexe, eu me afasto subitamente, estanco ao lado da cama.

Meus olhos vermelhos endiabrados, o ódio em meu corpo, meus chifres exuberantes. Permaneço ali, parada diante dele, enquanto ele geme e se espreguiça ainda de olhos fechados. Ele emite um som, uma espécie de rugido longo, e finalmente abre os olhos.

Dá de cara comigo, bem na sua frente.

Ele se levanta da cama abruptamente, se esgueirando pelas paredes, atônito, em desespero. Os olhos fixados nos meus, seus músculos rígidos, a respiração estanca. Abre a boca escancarada e solta um berro atormentado enquanto se espreme no canto do quarto.

Eu permaneço imóvel contemplando a beleza daquele horror.

Ele começa a chorar, desesperado.

Eu me aproximo, devagar, minhas patas com solas antiderrapantes colam no taco de madeira, e o barulho dos cascos o deixa ainda mais assustado.

Minhas narinas sentem seu cheiro de suor e medo. Enquanto ando em sua direção, ele grita mais alto, seus olhos esbugalhados fixados em meus chifres. Uma força estranha me move em direção àquele corpo acuado. Espremo-o ainda mais contra a parede, cheiro seus olhos, lambo suas lágrimas que escorrem pelo corpo, cheiro sua boca. Ele tem cheiro de sal. O acúmulo de lágrima e saliva inundam o quarto. Ele não para de chorar. O desejo me invade, começo a lambê-lo descontroladamente. Lambo seus olhos, sua boca, sua língua. Desço para o pescoço, peito, barriga, lambo seu pau mole, murcho, encolhido, quase morto. Depois as pernas e os pés. Volto para o pau. Ele continua berrando, pedindo socorro, chorando, chamando por Deus. Enquanto lambo, cravo meus olhos vermelhos endiabrados e retangulares nas pupilas redondas e opacas daquele homem que um dia amei. Ele tenta se desvencilhar, mas é inútil. Minha língua esfola todo seu corpo, sua pele em carne viva arde e sangra. Ele chora, e quanto mais chora, mais sedenta eu fico pelas suas lágrimas.

Escuto vozes no hall do elevador. Eu não me importo. Finco os meus chifres nele e começo a lamber o buraco em seu peito, atravesso as camadas de sua pele, minha língua dilacera a musculatura e esfola seu osso esterno, bem no meio do peito, ali onde a angústia habita, onde dói, onde o ar estanca e o canto não sai. Atravesso o osso e, para terminar, alcanço com a língua seu coração. Abocanho e arranco de dentro dele o órgão ainda pulsando, vermelho, quente, assombroso.

Os vizinhos chutam a porta, gritam que vão chamar a polícia, que vão arrombar. Eu não me importo. Estou com o coração dele na boca. O corpo dele esburacado bem no meio do peito despenca no chão. Mastigo, trituro, esmago seu coração ainda vivo dentro da minha boca. E por fim, engulo.

Ouço o barulho da porta tombando no chão, os vizinhos entram em desespero, atravessam a sala, o corredor e chegam no quarto.

A imagem que assistem é a de um homem morto, ensanguentado com um buraco no meio do peito. Os vizinhos, todos homens, olham incrédulos. Observo-os calmamente, sem precisar torcer o pescoço, minha visão trezentos e trinta graus percebe o movimento de todos eles. Estão paralisados. Então, me viro. Eles se encolhem. Dou um passo para frente. Eles recuam. Olho para a porta do quarto e decido que vou correr, mas quando finco a pata no chão de taco e impulsiono meu corpo para frente, um dos homens tira uma arma da cintura e aponta na minha direção. Diz para eu não me mexer, para levantar as mãos. Não tenho mãos, tenho patas!, eu berro. Eles cercam a porta, não tenho como sair. Olho para a janela e decido saltar. Com um só impulso nas quatro patas, me jogo pela janela do trigésimo quarto andar.

# EPÍLOGO

Despenco com o coração do meu marido, meu amor, meu abusador, meu estuprador na boca, mastigado dentro de mim, em queda livre, com a minha visão trezentos e trinta graus, ainda vejo os homens me olhando da janela.

Estão paralisados.

Nada podem fazer nada contra mim agora.

Algo me fascina nesse desmoronamento. Talvez seja o horror. O susto, o medo no olhar deles.

Sinto prazer. Alívio.

Sempre tive atração pela obscenidade, por sua beleza terrível de nos fazer conscientes da finitude.

Este livro foi composto em Minion Pro
e impresso em papel bold 90g/m²,
em Novembro de 2024.